붉은 첫눈

붉은 첫눈

초판 1쇄 발행 • 2014년 12월 24일

지은이 • 황인산
펴낸이 • 황규관
편집 • 엄기수 김은경
디자인 • 정하연

펴낸곳 • 도서출판 삶창
출판등록 • 2010년 11월 30일 제2010-000168호
주소 • 121-838 서울시 마포구 서교동 355-22 우암빌딩 4층
전화 • 02-848-3097 팩스 • 02-848-3094
홈페이지 • www.samchang.or.kr

인쇄 • 스크린그래픽

ⓒ황인산, 2014
ISBN 978-89-6655-046-3 03810

붉은 첫눈

황인산 시집

삶창

시인의 말

신독愼獨,

'혼자 있을 때도 스스로 삼가고 경계하라'

시 앞에서 나는 부끄럽지 않은가?

차
례

제2부

제3부

제4부

제
1
부

모과

새해 첫날 서랍을 정리하다가
모과 향에 취해본다.
작년 가을
향기 간직하고 싶어 넣어두었던 모과
늦가을의 햇볕도 쬐지 못하고
겨울 한밤을 지냈을 텐데 향기는 그대로다.
초록의 잎보다 먼저 농익은 얼굴로 가을을 맞더니
몸내는 그대로인데
군데군데 검게 탄 몸은 허깨비마냥 가벼워졌다.
이제는 가치를 잃어버린 이름을 하나씩 지우며
나 또한 타들어가는 것이리라.
소중한 사람을 하나씩 잃고
육신도 가벼워지는 것은
가을을 준비하는 것.
욕심 가득한 서랍 가벼워지라고
모과 살을 발라내 차를 내어 마신다.

이마트 미니슈퍼 아줌마

준하 아빠 안녕하세요?

계산대에서 제복을 차려입고

아줌마가 인사를 한다.

동네에서는 한 번도 보지 못한 짙은 화장

산더미처럼 물건을 쌓아 카트를 밀고 오는 사람들 때
문에

한마디 말도 붙일 수가 없다.

쫓기듯 눈인사만 하고

밀려드는 상품 속으로 파묻히는 그는

카트 위에서 불안하게 흔들리는 유리 그릇.

이웃하고 지내던 아줌마를 두고 나오는

지하 주차장에 습한 바람이 불어온다.

동네 미니슈퍼 주인 아줌마일 때는

이른 아침에 담배 한 갑을 사러 가도

눈곱도 안 뗀 얼굴로 나와서

어머 준하 아빠 안녕하세요?

콧소리를 섞어가며 인사하던 아줌마

양손에 물건을 바꿔 들며 옛 미니슈퍼 앞을 지나 오

는 길
  불 꺼진 유리문에 '점포 세놓습니다'란 글씨만
  빛바랜 종이 위에서 이력서처럼 흔들리고

황해 물을 다 마시고 간 사내

소금밭 둑 끄트머리
피난민 할아버지
바닷물 퍼 올려 소금밭에 물을 대고 있다.
피난 내려와 퍼 올린 바닷물이
줄어드는 것만 바라보고 있다.
썰물에 펄밭이 소섬 앞까지 드러나면
"내레 갈 끄야, 내레 이 물을 다 푸고 걸어서 고향에 갈
끼야."
삘기꽃 뽑으러 간 우리에게
다짐하던 할아버지.
수십 년 만에 찾아왔던 친척이 떠난 후
"내레 간첩이 아니야요!" 폐유 덩이로 써놓고
아직 다 퍼내지 못한 황해 바다로 걸어갔다.
햇빛이 소금밭 사금파리 위에 조각조각 내려앉는 날.

살

사고로 다섯 살 아이를 잃은, 그녀`
사람을 무쇠로 만들었으면 좋겠다.

가자에서 팔레스타인 아이들이
이스라엘의 포격으로
조각
조각나 쥐와 개들이 서로 자기 먹이를 차지하려 달려
들 때

그녀, 포탄에도 죽지 않는
아이를 자궁에 키우고 있다.

동거인 신원

고릿적 할머니가 홍제천에서 몸을 씻고 왔듯이 서해에서 몸을 씻고 왔다죠 돈을 벌 수 있다는 꾐에 빠져 도착한 곳이 인도네시아 밀림 속 종군위안소였다죠 외할아버지 무서워, 외가까지 갔다가 장터 국밥집에서 아버지한테 끌려 부엌데기로 우리 집에 왔다죠 할아버지 할머니, 병세가 완연해 방 안에서만 가래를 뱉는 호적상 나의 어머니 줄줄이 딸린 자식들 머슴 셋, 처음엔 밥만 해줬다죠 부엌에서 먹고 잤다죠 그 뒤부터 머슴들과 함께 논밭에서 밤낮으로 일하며 아니, 머슴으로 살았다죠 술 취한 아버지가 대낮에 보리밭을 뭉개놓고 난 뒤 어머닌 나를 낳았다죠 사람들은 어머니와 나를 이 집안사람으로 인정하지 않았다죠 종군위안부로 지낸 삼 년 반 세월의 비밀을 외할아버지만 알고 있다고 믿었다죠 어린 아들인 나까지 그 비밀을 알고 있다는 사실을 알고는 정자나무 가지에 새끼줄을 매고 흰 고무신을 몇 번이나 벗었다죠 아버지를 상복도 입지 못한 채 보내시고 평생 불쌍한 사람 업신여기지 말란 말씀만 남기셨죠 사망신고를 하려보니 당신은 호적에 오르지도 못한 나의 동거인이고 호

18

주는 이승에 없는 외할아버지셨죠

조선총독부로 가는 열차

승객 여러분께서는 오직 오른쪽 출입문 앞에 한 줄로 기다리셨다가 승차하시기 바랍니다. 들머리부터 도배해 놓은 벽보를 보셨겠지만 이 열차는 편리하고 안전한 우측 보행을 하신 손님만을 태우고 우측으로 통행하는 열차입니다. 혹 좌측 보행으로 승강장까지 오신 승객은 이 열차를 탈 수 없습니다. 이 열차를 타실 분은 다시 우측 보행으로 나가셨다가 반드시 우측 보행으로 들어오셔서 출입문 우측에 대기하시기 바랍니다. 좌측 보행으로 입장하신 분이 탑승하시면 부정 승차로 간주하여 운임의 최고 열 배에 해당하는 범칙금을 부과합니다. 우리 역은 범죄의 사각지대를 없애기 위해 곳곳에 설치해놓은 감시 카메라로 전 승객의 통행 방향을 감시하고 있습니다. 우리 역은 범죄의 예외 지역이 없습니다. 출입문 열렸습니다. 타고 내릴 때에도 오른쪽 발부터 내디디시기 바랍니다. 아직 고개를 왼쪽으로 갸웃하시는 승객, 우측 보행이 생활화되지 못한 승객은 열차를 타서도 소용없습니다. 객실 내부 천장에 설치된 전광판의 감시 카메라는 우측통행의 안락함을 믿지 못하는 승객의 뇌까지

들여다보고 중간 역에서 강제로 하차시킵니다. 출입문
닫습니다.

이 편한 세상

붉은색 글씨는 빨리 지워진다.

구청도 이사 간 용산구청 앞 굴다리 밑
빛바랜 농성장
신계동 철거민 아줌마가 써놓은
입주권 보장하라!
주거권 보장하라!
합판집 벽에 무늬로만 살아 있는 탈색된 붉은 꿈.

함께했던 이웃들 한겨울을 넘기지 못하고
함께하자 했던 몇은 망루에서 불타 죽고

한겨울을 두 번이나 보낸 아줌마의 뒷머리엔
아침마다 까치집이 뒤 채씩 지어져 있다.
이 편한 세상 입주민을 환영하는 현수막은
아줌마의 낮은 집 위에도 펄럭이고 있다.

빼꼼히 문을 열어보는 합판집 아이의

충혈된 눈 속에
아파트가 거꾸로 상을 맺고 있다.

벽을 드나드는 사람

　광화문네거리 컨테이너박스로 쌓은 산성이 있다.

　시청에서 광화문으로 가던 사람들은 복층으로 쌓은 산성에 막혀 종로나 새문안길로 돌아간다.

　그 앞에 서본 사람은 안다.

　그 벽은 절대로 넘어설 수 없는 벽이란 것을.

　간혹 벽을 통과하는 사람처럼 거침없이 산성을 지나 북악의 정상까지 내닫는 사람이 있다.

　극소수의 사람들이 산성을 넘었다고는 하나 그들의 뒷모습만 기억할 뿐 그들이 누구인지는 모른다.

　산성을 돌아간 사람들은 돌아간 길이 절벽으로 이끄는 길인 줄 모른다.

　때때로 몇몇 사람들은 산성을 허물다가

　산성 속 사막에 갇혀 곤봉선인장 가시에 찔려 죽기도 하고

　모래 속에 숨어 있다가 공격하는 사막 살모사가 뿜어대는 색소포에 익사하기도 한다.

　광화문 네거리 컨테이너박스로 쌓은 산성은 세계로 통한다.

아프리카 이주민들의 유럽 진입을 막는 벽이 있고
팔레스타인 사람들을 가둬두는 콘크리트 장벽이 있고
아메리카 합중국과 멕시코 국경에 세워진 죽음의 장벽
을 만날 수 있다.

광화문 네거리 산성 뒤에 신분을 밝히지 않은 기괴한
동상이 하나 생겨났다.

벽을 통과하다가 모래를 뒤집어쓴 형상인데 후세 사
람들이 이곳을 지날 때마다 짱돌을 던지면 광화문 네거
리에 또 다른 산성이 쌓일 것이다.

* 마르셀 에메의 단편소설 「벽으로 드나드는 남자」 제목을 변용함.

강아지풀

MC몽인가 mb리인가 누군가가 군댈 안 갈려고 발치를 했단다.

생니 아니 생이빨을 세 개 뽑아 군대를 안 갔다네.

나도 허리 물렁뼈를 적출하고 티타늄으로 바꿔 군대에서 빠졌지만 이 친구도 대단하고 미련한 친구야, 아 쉽게 별 열여섯 개 달고 돈도 벌며 가족들 챙기며 빠지면 되지 생니를 왜 빼. 고등학교 때 무기고 뒤에서 쌈질하다가 부러진 앞니 뒤 개 빼는데 졸라 아프더라구. 나 참, 이 친구 아무래도 이해가 안 가. 지금이 어느 때야 국민소득 삼만 불을 앞둔 시대야. 정의구현 시대를 지나고 공정한 시대가 온 거야. 이런 때에 자기 몸을 학대하며 군댈 안 가려고 해. 아니지 방법이 틀렸어. 간단하게 광화문 광장에서 이렇게 소리쳐봐. 우리끼리 싸우는 군댄 안 갈란다! 전시작전권도 없는 군댄 안 갈란다! 두 번도 필요 없어 한 번씩만 질러봐. 대한민국 군대가 어디 찌질이들만 모아놓은 곳이 아니야. 적어도 군인이 읽어서는 안 되는 금서 정도는 정할 줄 아는 군대야. 태풍에 집이 날아가고 가로수가 뽑혀 나가는데도 출근길에 만난 강아지풀

은 그 얇디얇은 꽃대궁에 하늘만 한 꽃을 달고 유유자
적 즐기고 있더라고. 이제 그만 헛발질하지 말고 자 뭐
라 했지. 딱 한 번만 외쳐봐!

잠꼬대

옛날 팔공국이란 나라에서 새 임금을 뽑았는데 그 애비는 죽을 때까지 왕 노릇 해먹으려는 자였다. 백성은 섬기지 않고 주색잡기 놀음과 배때기에 기름기만 채우다가 제 손으로 임명한 암행어사에게 칼을 맞고 죽었다. 새 임금은 전임 홍어임금과 바보임금 둘이서 만들어 놓은 선거 제도에 의해 백성들이 투표로 뽑았는데 선거운동 당시 혹 가는 공약들을 많이 발표해 몰표를 몰아주었더라. 그런데 임금이 되고 나서 채 일 년도 되기 전에 모든 공약은 헌신짝처럼 벗어 던져버리고 제 애비를 닮아가는 모습에 온 백성들이 몸서리를 쳤겠다. 한데 이번 임금이 되기까지 일등 공신은 다름 아닌 포졸들과 나라의 녹을 받아먹던 몇몇 장수들이 밤마다 전국 방방곡곡을 돌며 상대방 후보를 깎아내리고 지금의 임금을 추어올리는 방을 몰래몰래 붙이고 다닌 덕이라. 한수 이남의 알 만한 백성들은 군대를 일으켜 반란으로 임금이 된 애비에 비하면 아무것도 아니라고 말할지는 모르겠지만 밤말은 쥐가 듣고 낮말은 새가 듣는 법. 이런 낌새를 눈치챈 광대 무리가 있었으니 이 모든 것을 까발리고 다녔더라. 궁지에 몰린 임금이 포도대장한테 사건을 조사하는 시늉만 하라 시켰으나 여주에서 올라온 나졸이 모든 걸 까발리니 깜짝 놀란 임금이 나졸의 아랫도리 이야기를 들춰내며 고향으로 내쫓더라. 제 애비는 다른 건 몰라도 사내의 아랫도리 이야기는 말하지 않는 임금이었으나 지금의 임금은 못된 짓만 배워서 백성들을 미궁 속으로만 몰아넣더라. 이쯤 되니 포졸들은 자기네 식구들을 서로 잡아먹고 알아서 설설 기더라. 임금은 왕위에 오르자마자 곤룡포를 차려입고 이웃 나라로 나들이만 다니더라. 이에 백성들은 돌보지 않고 패션쇼만 다닌다고 민심이 흉흉하자 유언비어를 단속하라! 제 나라도 아닌 다른 나라에서 파발만 띄우더라. 이제는 남과 북, 동과 서가 아니라 나와 네가 완전 갈라섰더라. 자, 이제 판은 벌어졌겠다. 얼쑤!

오디나무에는 뽕이 열리지 않는다

뽕나무 한 그루 베어진다.
너도밤나무 개복숭아나무 돌배나무
모두가 이름 잊은 채
밑동 잘려 나가는 것
바라보고만 있다.

뽕 대신 실한 오디를
언제 잘려 나갈지 모를
묵은 가지에서 내어놓는데
생전에 누가 너의 본 이름을
한 번이라도 불러준 적 있느냐.

평생 날품으로 살아가는 애비를 둔 내가
너의 이름을 불러본다.

오디나무야
오 디 나 무 야!

동행

침대는 가구가 아니다.
집이다.
등짐 진 살림살이 침대는 왼쪽 팔에 끼고
이사하고 있다.
허공에 발 담그고 눈맞춤 없이 걷고 있다.
염천炎天 향해

염천다리 위
낡은 구두 한 켤레 가지런히 남겨두고
종이 박스 펼쳐 누운 자리
동사한 침대 주인.
침대가 제 주인을
이사시키고 있다.

제
2
부

개심사 애기똥풀

개심사 해우소는 천 길이나 깊다.

요동치는 배를 잡고 뛰어 들어갔지만 이런 낭패가 있나, 깊이가 몇 길은 되어 보이는데 얼기설기 판자로 바닥만 엮어놓고 칸막이가 없다.

엉거주춤 볼일 보던 사람들이 같은 자세를 취하길 원하지만 사부인 볼일 보는 화장실을 열어본 것처럼 놀라 손에 땀만 쥐고 나온다.

천년 전 처음 이곳에 볼일을 본 스님은 자꾸 다시 들어오라 하는 것 같은데

보잘것없는 내 아랫도리 하나로 하늘도, 가냘픈 애기똥풀에 기댄 마음도 옷을 벗지 못한다.

개심사를 감싸고 있는 상왕산은 노란 산불에 타들어가고 옆 칸에서 나오다 눈길 마주친 젊은 비구니의 얼굴엔 진달래 산불이 다시 옮아 붙고 있다.

은행잎 하나가 쌓아 올리는 성

단지 떨어지던 잎 하나가 문제다.

남산을 에도는 소월길 못 미처 새로 쌓아 올리는 성벽 밑에서 불탄 숭례문을 내려다볼 때 가슴에 철렁 꽂히는 것이다.

언제 숭례문 기와 위에 옛 이끼가 피어날 수 있을지 그 날을 기다리고 있을 때

사태져 내리는 잎의 마지막 군무를 보기도 전 명주바 람에 날려 성루에서 떨어지는 바윗덩이처럼 가슴을 치는 것이다.

고생대의 화석에서 잠자던 잎이 살아 움직이며 성벽에 부딪쳐 떨어진다.

순간, 작은 움직임도 없던 잎이 성벽에 거대한 바람구 멍을 숭숭숭 내고 있다.

불탄 숭례문이 위장막 속에 가려진 도심으로 향하던 내 앞, 무너져 내리는 성벽 위로 바람에 날린 화강암 덩이 하나가 더 올려지고 있다.

애초에 옛 성을 허물어뜨린 것은 내 가슴에 살며시 내려앉은 은행잎 하나.

불혹의 중산아파트

처진 어깨 위로 저녁놀을 받으며
기우뚱 서 있는 모습이 위태롭다.
수명 길어져 칠팔십은 산다 하나
혼자 힘으로는 서 있기조차 힘들어
겨드랑이에 철제 목발을 짚고 있다.
근본이야 산속이나 강가에 살던 것이
떠밀려온 것이 아닌가.
덧칠한 페인트 옷이 바람에 거의 날아가고
온몸의 수술 자국은 차라리
탱자나무 울타리를 닮았다.
도시 생활 사십 년에 이리 차이고 저리 찌들려
상처 깊은 곳에서는 누런 고름이 흐르고
심한 곳은 녹슨 뼈가 살을 뚫고 나와
노을보다 붉은 피를 제 몸에 바르고 있다.
집집마다 쌓여가는 독촉장은
현관문을 아득한 백사장으로 만들지만
갈피 속에 귀뚜라미 소리 하나쯤은 품고 살아간다.

아이리스안경원은 세일 중

어서 오십시오.

먼저 시력 검사를 해볼까요? 눈을 형식적으로 달고 다녔군요. 걱정 마세요. 안 보이면 제 각막이라도 이식해드릴게요. 어지럽다고요? 그럼 어지럼증이 가라앉을 때까지 제가 당신의 발이 되어드리면 되죠. 이제 안경테를 골라볼까요? 이 제품을 써보시죠. 백오십 년생 열대거북 등가죽으로 만든 귀갑테입니다. 아 가격은 걱정하지 마세요. 지금은 세일 중입니다. 코가 낮아서 흘러내리는군요. 할 수 없군요. 제 오뚝한 코를 떼어 당신 코에 성형할 수밖에 없군요. 잘 보이니 얼굴의 주름살까지 보여서 싫다고요? 아직 오동포동한 제 볼살을 드리죠. 자 이제 당신의 품격이 완성됐습니다. 귀가 조금 아플 것 같다고요? 그럼 제 두 귀를 비상용으로 드리죠. 제가 최선을 다해 판매한 안경이니 집에 가서 잠자리에 들기 전 모든 불을 끄고 천장을 보세요. 이제는 사라진 태양계의 제7행성이 보일 것입니다. 감사합니다. 다만 지금 쓰신 안경은 보증 수리를 해드릴 수가 없습니다.

붉은 첫눈

흡. 심장이 멎었다.

들머리에서부터 퀴퀴한 음식 냄새 곰팡이 냄새가 코를
쿡쿡 찌르는 곳. 어두침침한 불빛 아래 지하도를 가득
메운 사람들.

찬 없는 한 끼 국밥을 얻어먹기 위해
"죄인 오라 하실 때엔 날 부르소서."
찬송가 따라 부르며 지나는 사람 힐끔거리는 사람들.

아직 철들지 않은 나에게 세 끼 밥을 원하다 떠나간 지
근 삼십 년.
언제 씻었는지 곱던 얼굴, 머리칼은 자취도 없고 초점
잃은 눈은 나를 알아보지도 못하는 너.

날마다 퇴근길에 지나는 지하도 계단이 왜 이리 높아
만 보이는지
몇 개 되지 않는데도 숨이 차다.
아직 지지 못한 검은 은행잎을 비켜 떨어지는 첫눈은

국밥보다 더 붉다.

에베레스트 오르다

마을버스 6-1번을 타고
산을 오른다.
승객은 대여섯
입성은 평상복 차림이다.
뫼비우스의 띠처럼
출발지와 도착점은 같지만
한 곳이라 말할 수 없는 곳.
용산 재개발 4구역 남일당 건물.
열흘장을 거뜬히 넘겨
아직도 얼음 속에 묻혀 있는 주검.
편육을 먹고 일어난 자리
눈밭 속 얼음에 내가 누워
날 바라보고 있다.
기억이 가물한, 젊어 죽은 아버지의
사진 속 내 나이 때 얼굴.
맨손으로 얼음을 깨어 꺼낸 아버지의 얼굴은
불에 탄, 불에 구워진 얼굴.
산소가 고갈되어가는 평지를 피해 오르던

에베레스트.

검은 휘장을 두른 마을버스가

9부 능선 빙벽을 타고 오른다.

서더리탕

마지못해 따라 나선 아내는 좀체 말이 없습니다. 아파트 현관 앞에서 와자지껄한 친구들의 소리에 괜히 주눅이 듭니다. 머뭇거리며 건넨 화장지는 곧바로 베란다 가시선인장 옆에 놓입니다. 먼저 자리 잡고 있던 친구 녀석들은 부동산 얘기를 하며 열을 올리는데, 편이 나뉘어져 나를 가운데 앉혀놓고 양쪽에서 끼리끼리 잔을 부딪칩니다. 주방에선 부인들의 수다가 한창입니다. 그래도 과외 때문에 강남만 떠나지 않으면 된다 하며 부글부글 끓는 서더리탕을 내 앞에 갖다 놓습니다. 상 가운데 놓여 있는 생선회 접시엔 무채만 남았습니다. 귀퉁이에 앉아 적당히 불어 오른 잡채와 수북이 쌓인 김치 몇 가닥에 손이 가다가 거품만 나는 맥주 몇 잔에 내 얼굴은 금방 불콰해집니다. 아내는 일어나 먹은 것 없는 설거지를 하고 있습니다. 넓기만 한 집을 둘러보지도 못하고 끝낸 집들이에 아내는 오기 싫어 미적대던 때와는 다르게 제일 먼저 신을 신고 나갑니다.

김 씨의 자전거

앞 짐받이 현대자동차 심벌마크. 녹이 붉게 물든 몸체와는 어울리지 않는다. 날마다 광을 냈는지 한강을 거슬러 오르는 자동차 전용도로에 그의 심벌마크는 자동차 상향등마냥 번쩍거린다. 짐받이엔 시멘트 덩이 듬성듬성 묻은 수평, 몸통이 나이를 말하듯 갈라진 대패, 양날이 닳고 닳아 그의 허리띠 넓이만큼 좁아진 톱, 얼마나 많은 이마질을 했는지 활짝 핀 송이버섯처럼 변해버린 망치가 가방의 고장 난 자크 사이로 얼굴 내밀고 질주하는 고급 승용차들을 바라보며 세상을 기웃대고 있다. 아침저녁으로 이 길에 끼어들어 페달을 힘차게 밟고 있는 김 씨. 지금까지 남에게 아쉬운 소리 못하고 일은 내일처럼 해주며 밀린 임금은 못 받아먹는 사람 전용도로의 저속 주행으로 날마다 딱지를 먹고사는 사람, 그런 사람.

쉿!
노을이 서럽게 물든 한강으로 그가 자전거와 함께 빠져 들어가는 까닭을 나는 그에게 묻지 않았다.

콜 니드라이*

나, 일곱 살입니다.
막스 브르흐는 나에게 신의 날을 보여주고 있습니다.
아빠와 함께 앉아 듣던 소파에서 혼자
신의 날을 듣고 있습니다.
앉은뱅이꽃이 왜 늦겨울에 꽃잎을 밀어내는지 아느냐
고 묻던
아빠는 이제 없습니다.
신의 마지막 날에 일곱 살 눈물이 묻어나옵니다.

처음이자 마지막으로 아빠와 함께 들었던 신의 날
머리를 헝클어뜨리고 울부짖던 첼로의 현이
활에서 멀어지며 마지막 숨을 고를 때
눈물을 떨어뜨리고 말았습니다.

나, 일곱 살.
구름을 타고 온다던 엄마를 마중나간
아빠를 더 이상 기다리지 않습니다.
사흘을 굶었습니다. 밤마다 꿈속에서 따 먹은

창밖의 이팝나무 꽃잎은 배부르지 않습니다.

신의 날은 이렇게 다가오고 있습니다.
식탁 밑에 나뒹구는 물병 주둥이엔 먼지가 쌓이고
레인지 위의 불꽃도 사윈 지 오래입니다.

나, 볕이 그리운 것보다는
햇볕을 먹고 싶은 앉은뱅이꽃이 되어
허기진 초여름 잠을 자고 있습니다.
신이 정한 마지막 콜 니드라이를 위하여.

* 독일의 작곡가 막스 브르흐의 첼로와 관현악을 위한 작품.

짧은 혀를 위하여

시장통 안경원 할로겐 아래
혀를 닮은 염좌*분 하나 키운다.
물 한 방울에도 불쑥 자라나는 혀
앙다문 입술 비집고
마냥 날름거리는 혀
가게 문을 들어서는 손님에게 먼저 말을 붙이고
지나는 연인들 모양새마다 타박을 놓는다.
살아가며 하고 싶은 말을 반절이라도 하고 사는 사람
은 몇이나 될까
자고 나면 솟아나 무성한 소문만 키우는
네 혀를 쏙 뽑아버린다.
뿌리 속에 보이지 않는 무엇을 감추어 두었기에
귀를 닮은 잎도 없이
눈 닮은 것 하나 없이 줄기는 키우지 않고
혀만 밀어내느냐
할로겐 아래에서 색안경을 쓰고 자라는 너에게
물을 흠뻑 준다.

사랑한다는 말 한마디 변변히 못한 세 치 혀

입속에 감추고.

*일명 돈나무라는 관엽식물. 잎이 너무 빨리 자라기 때문에 계속 잘라주며 키
워야 한다.

날품팔이

녹두밭 이랑
새참 먹던
하루살이
교미하고 있다.

젖 물리지 못할 자식
한 이틀 살라고
공사장에서
허리 절단내고 있다.

도피안사

연꽃 구름다리 지나 절간
부처의 진신사리 모신 3층 돌탑
황금개구리.
옥개와 옥신 사이에서
수행 중이다.
켜켜이 쌓인 공양떡 사이
향내처럼 새어나오는 수군거림
길동무에게 손가락으로 가리키니
옆에 섰던 중늙은이 보살 손사래 친다.

도망치듯 대웅전 뒤뜰에 들어서니
누가 공양했나
깨진 기왓장 위에 도토리.
허리 숙여 들여다보니
까까머리 동자승.
철원평야 너른 들 뒷산에
피안이 있다.

제
3
부

분꽃

열아흐레 늦둥이달

왼쪽 이마 이지러진 채

학정산 위에 떠오르면

달포 만에 찾는 고향 빈집.

붉은 치맛자락 감아 올려

속곳 가득 달빛 담아

날 반긴다.

밤새 뒤척이다

함께 아침을 맞으려면

부끄러워 옷고름 여미며, 고개 숙인다.

짐짓 눈길 모른 척

외면하고

대문을 닫을 때

뒷덜미는 뜨겁고

넌 마른 바닥에

검은 눈물 쏟아놓겠지.

서후리 정씨 종갓집 장맛

　삼대 과부만 사는 서후리 정씨 종갓집 마당은 장독대
인데요 누구 하나 장독 열어 맛본 적 없지만요 그 집 장
맛이 좋은 것은 낮은 울타리 때문이란 말도 있고요 마을
들머리 첫 집이라 지나는 남정네 눈길이 장맛을 좋게 한
다는 동네 과부의 말도 있다네요

　그 집 장독은 몇 대째 내려오는데요 항상 유약을 바른
새 장독처럼 반질반질해요 해만 지면 삼대 과부가 하얀
면행주로 장독을 끌어안고요 닦는 모습이 얼마나 거시
기한지요 그 집 앞을 딸딸거리며 지나던 경운기가 무논
으로 빠지는 일이 흔하다네요

　장독엔 삼대를 묵은 장부터 해마다 담그는 햇장까지
그득그득한데요 밤새 끓인 애간장이 숯이 된 것을 넣었
을 거라며 동네 사람들은 그냥 독만 봐도 깊은 맛을 느
낀다네요

　아직 근동에 사는 남정네 하나 밤에 울타리 넘은 소문
이 없는 것을 보면요 달빛에 비치는 장독의 아름다움을
보고 장맛을 알았기 때문일지도 모를 일이지요

　봄바람이 울타리로 심어놓은 연분홍 진달래를 자꾸

흔드는데요

　서후리 남정네들은 죽으면 꼭 묻어 달라는데요 화장
이라도 하면 사리가 몇 개쯤은 너끈히 나올까봐 그런다
네요.

쑥부쟁이

첫 마누라 암으로 잃고
죽은 마누라 친구가 오빠오빠 하다가
지금 부인이 됐다.
그 마누라 뇌졸중으로 쓰러졌다기에 문병을 간다.
요즘 시골길도 어지간하면 2차선 도로로 뚫려 있고
농로까지도 시멘트로 포장해 놨는데
이장님 집 앞만
울퉁불퉁 비포장이다.
부인의 병세를 묻기도 전에
아니 이장님이 내 집 앞 포장도 못했냐 타박을 놓으니
서울서 왔으니 맨발로 흙길이나 밟아보고 올라가란다.
이렇게 비포장길만 달리니 마누라가 쓰러지지
천상 이장질이나 해먹고 살 위인이다.
왕의 형님은 자기 지역구에
전국 예산을 거의 다 따내
금으로 도로를 포장했다는 소문이 도는데
천리를 달려온 친구에게
흙이나 묻히고 가라고.

이놈 내가 네 꿍꿍이속을 모를까봐
이장질 연임해 먹을려는 거 다 안다.
내 쌍수를 들어 방해할란다.
혹 왕이나 된다 하면 모를까.

봄 봄 봄

뒤꼍 새순 피는 앵두나무
부뚜막에는 금이 간 촛단지
살강 밑 타다 만 부지깽이
제사에 올릴 싹트는 알밤

헛간에는 애기꽃이 한창이다
호미는 가래의 품에 안겨 있고
도리깨와 쇠스랑은 몸뚱어리 얽어매고
정답다, 뭔 얘기 그리 많은지 봄 봄 봄 술렁대고
멍석은 불룩배 내놓고 모로 누워 있다

다락에는 생쥐 한 마리 늙은 나비 종애 곯리고
토방 끝 앉은뱅이 꽃잎 위에 졸고 있는 점심 햇살
방 안에는 낮잠에서 깨어난 아이의 울음소리
사랑방 마루에 시어미와 콩 가리는 며느리

연두색 잎 눈뜨는
동네 어귀 정자나무 아래

하늬바람에 구르는 복사꽃을

한 사내가 탑돌이 하듯 좇고 있다

춘장대 모래톱은 날고 싶다

키 낮은 해당화 지천에 깔려 봄볕이 길다.
썰물 때마다 뭍이 무너져 내려 모래톱은
뭍에 핀 해당화 넘볼 수 없다.
썰물에 알몸을 십 리 가까이 드러낸 백사장이 갈증 느
낄까봐
밀물은 하루 두 번 마른 입술 적셔주지만
어김없이 모래바람만 날리고 있다.
욕창 같은 구멍에 소금 뿌려 맛살을 잡아 올려도
똘쟁이며 배꼽고둥에게
더 많은 숨구멍만 내주고 있다.
집어등 무리가 밤바다에 은회색 해당화 피울 때
허물어져 내리는 뭍으로 바람에 실려 모래 몇 줌
구애의 몸짓으로 던져본다.
아홉 매엔 숭어뜀으로 뭍을 넘보고
백중 한사리 때엔 조금 때부터 감추어온 뭍에 오르고
싶은
꿈을 숨기지 않는다.
뭍에 가까울수록 푹푹 빠지는 가파른 언덕은

제 발목을 스스로 잡지만
모래톱은 항상 해일을 기다리고 있다.
해당화 뿌리 내릴 뭍을 꿈꾸며.

이장님의 부부싸움

아 아 동포부락 주민 여러분, 오늘도 농사일에 을매나 고상들 많었슈. 해가 갯바닥으로 떨어진 지가 온젠디 밤 늦은 시간에 왜 그러나구유? 아, 우리 마누라가 집을 나 갔슈. 낮이 민소에 들렀더니 마량 이장놈이 즌어 축제가 성공을 혔네 오쩌네 혔싸서 승질이 나잖유, 아 그러서 집 이 오다가 칠성바위 지점집이서 풋고추 배 갈러 자하젓 늫구 막걸리 한 사발 허구 왔더니, 갈 일이 바뻐서 죽을 래두 죽을 새가 옶넌디 술만 먹구 댕긴다구 지껄였쌓길 래, 소가지 좀 냈더니 오디루 내뺐는지 이때까정 안 들오 구 자빠졌네유. 아 빨리 겨 들오잖구 뭐혀. 자우당간 우 리 마누라럴 본 사람은 보넌 즉시 신고혀야유. 간첩 신 고는 112구 우리 마누라쟁이 신고는 즈이 집 즌화번호 덜 알구 기시쥬? 만약시 혹여라도 숨겨주거나 보고도 신 고럴 안 헌 주민은 지가 보기엔 빨갱이보다 더 나뿐 사 람잉게 그리덜 아셔야겠습니다요. 아 그러구 이번 정부 시책으로 주는, 그러니께 무상으로 주는 비료허구 농약 을 받는디 상당헌 불이익얼 감수허셔야 될 것입니다유. 아 동포부락 이장인 지가 헐 일 옶어서 민소나 지웃대넌 줄 알믄 큰코 다처유. 다 우리 부락을 위해서 나댕기는 거유. 그걸 마누라나 주민 여러분이 알어주셔야 혀유. 아 이렇게 방송에 대구 왕왕대두 안 들오구 뭐허구 자빠졌댜. 재뜸 사부인 이번이두 숨겨주믄 재미읎슈. 어 끄윽, 이렇게 지껄이다봉게 술이 좀 깨네유. 뫼재 큰아들눔아 너만 네 지집 끌어안고 자빠졌지 말고 임마 네 엄니 좀 찾아봐 네 애비 혼자 자긴 싫어 이눔아.

서리

고향에서 연락이 왔습니다.
서리 오기 전에 고구마를 캐라고
심어놓기만 했지 풀을 뽑아줬나 거름을 했나
고구마한테 미안해서 손을 못 대겠다 하니
걱정 말라 합니다.
고향이 키웠으니
내려오기만 하면 된답니다.

이건 고구마 밭이 아닌 풀밭입니다.
몇 해 묵은 산밭도 이러진 않을 겁니다.
도꼬마리, 도깨비바늘은 벌써 여물은 씨앗으로 중무
장한 채
명아주 지팡이를 들고
서리꾼이라도 지키는 모양입니다.

서리하던 버릇이 지금까지 남아 있는 것이
내 사는 방식인가봅니다.
스스로를 돌보며 저 혼자 자란 몸 상할까봐

눈치 보이는 호미질에

상처 난 속살 보이며 올라옵니다.

새살새살

　추적추적 비가 내린다. 굴착기 기사는 이런 날이 먼지가 일지 않아 일하기는 더할 나위 없이 좋다며 피다 만 담배를 지붕 위로 튕긴다. 이 집에서 삼대는 겉보리 닷 말로 세를 살았다. 아들 다섯을 낳고 시부모와 남편을 보냈다는 수평어머니는 짓무른 눈을 부비며 텃밭 뽕나무 밑에 앉아 있다. 농촌 폐가 정리 사업으로 30만 원이 나온다는 이장의 말에 집이 헐리는 것을 보고 있다. 페인트가 듬성듬성 일어나 이끼 올라앉은 슬레이트 지붕은 뒷결 시누대와 맞닿아 그저 푸르다. 기사는 우선 어떻게 요리할까 가늠이라도 해보듯 굴착기 삽날을 지붕의 중앙에 박아본다. 나이를 알 수 없는 집은 정수리에 삽날을 꽂고도 태연하다. 삽날이 한 번씩 찍힐 때마다 지붕 속에 숨어서 이 집에 살던 사람들과 호흡하며 비바람을 막고 지탱해주던 서까래가 나뒹군다. 서로의 어깨를 걸어주던 들보도 맥없이 주저앉는다. 윗방 지붕이 뚫려나가고 부엌이 가라앉고 상량문이 쓰인 대들보를 내려찍자 뽕나무 밑에서 비를 피하던 수평어머니는 학정산을 넘어오는 비구름 쪽으로 고개를 돌린다. 깊은 구덩이 파서 마지막 남은 주춧돌까지 묻고 나니 지나가는 비 한 번 내릴 동안 삼대가 마을에서 흔적도 없이 사라진다. 이 장과 집주인의 손도장이 찍히고 말끔한 텃밭 하나가 땅 속에서 올라와 자리 잡았다. 이장은 멍하니 바라보고 앉 아 떠날 줄 모르는 수평어머니에게 "새살이 나올라믄 상 처 없이 돋기야 허겄슈" 하며 자리를 뜬다.

모두 떠난 빈자리에 이곳이 집터였다고 말해주듯 시누 대 숲만이 새살새살 바람 소리를 내고 있다.

집문서를 들추다

제비도 떠난 고향 빈집에
하룻밤을 묵고 나서 안방마루에 눕는다.
몇 해째 비어 있던 제비집에 낯선 새가
새끼를 키우고 있다.
집주인의 존재를 아예 무시하고
부부가 번갈아가며 먹이를 물어 나르고 있다.
괘씸한 생각이 들어
들고 나는 녀석들과 눈을 맞추려 해도
전혀 개의치 않고 계속 새끼들 하고만 입맞춤이다.
이 집에서 어미 밥을 받아먹고 자란 세월이
십수 년, 그 힘으로
날개 달고 지금까지 살아왔는데
나는 객이 되고 자기들이 주인 행세를 하는 것이다.
육십갑자가 되면 이 집에서
새끼를 낳아 키우는 생각을 하다 이내 접고
윗방아기 눈치 보듯 슬금슬금 일어나
토방 끝에 쪼그려 앉는다.
구들장에 온기는 고사하고

허물어져 내리는 집에서
구렁이도 살 곳 찾아 떠나는 처마 밑.
무게를 못 이겨 주춧돌 위에서 자꾸만 어긋나는
기둥처럼 온몸이 저리다.

벌초

심들기는유, 그러구저러구 큰 사업 헐라믄 사무 쩰 텐
디 이렇게 핸드폰까지 사 보내서 오쩐대유, …… 큰성은
바쁜게 오쩔 수 있남유, 막내인 지가 다 헝게 걱정 말어
유, …… 아니우, 이거버텀 허구 할아부지는 담이 허야
쥬, 그런디 이번 추석이두 못 내려 오시쥬? …… 예, 알지
유, 그려두 지난 슬이두 안 오싱게 넘덜이 자꾸 뭔 일 있
댜? 허구 물었쌓잖유, …… 얼라, 안당게유, 조카님덜두
뺄일 옳쥬? …… 가덜두 즈이 할아부지 징조할아부징게
한번 와보긴 허얄 텐디, …… 예예, 외국이 오디 개 헤엄
쳐 근너간디유? 지두 그렁 건 알어유, 그런디 소태나무
배미도 내놨슈? …… 누가 허긴유, 지만 몰랐더만
유, …… 얼라 지가 신경쓰능 게 아니라 시방은 영 금이
옳데유, 작년이 수랑배미허구 새다랭이 팔어 가실 때만
혀두 황소배에 톨게이튼가 뭔가 생겼다고 꽹건찮었는디,
올히는 거품이네 뭐네 혀갔구 작년 반값이래유, …… 알
었어유, 지가 뭘 알간디유 알었슈, 큰성 그런디 멫 태끼
안 되는 텃논 하나는 냉겨둘 수 옳나유? …… 밭이야 이
제 다 팔어서 으쩔 수 옳다지만 이렇게 벌초허다 생각혀

봉게 지가 차례나 지사를 지내는디 우리 논이서 나는 쌀루 메는 올렸으면 혀서유, …… 아니우, 성 생각이 그렇다믄 지야 헐 수 읎지유, 작자가 나스믄 지라두 얼릉 즌화허께유, …… 예예, 인자 그만 끊으야 쓰겄네유, 자꾸 지름 닳을 텐디, 그럼 안녕히 지슈.

빈 곳간

아비를 여의고
글자 새겨 현판 비슷하게
고향 집에 내걸러,
궁리 끝에 마음을
비우고 쉬어 가라
빈 만큼 채우고 가라
'빈 곳간'이란 이름을 지었습니다.

송판 살을 한 번 후벼 팔 때마다
네깟 게 뭘 아느냐
뭘 깨닫는다고 글자 몇 내 몸에 새기느냐
주워 온 송판이 말을 겁니다.

한갓 길바닥에 나뒹굴던 나무 조각도
이리 향기가 깊은데
애초에 생각했던 속뜻은
버려졌던 송판 향기에
가을 솔잎 떨어지듯 일순 무너집니다.

조각도를 놀릴 때마다
도시에 뿌리내린 내가
새겨놓은 빈 곳간에 들어앉을 자리 없이
헛손질만 하고 있습니다.

토산불알

고향 친구가 택배로 땅콩을 보내왔습니다.
녀석의 눅눅한 살림 냄새가 성큼 밀려 나옵니다.
땅콩 꼬투리를 한참 까던 아내가
왜 애들은 한 집에 두 개씩 들어 있을까? 묻기에
뻔한 대답을 하려는데 먼저
혼자는 외로울까봐서 그래. 내 대답을 하고 있습니다.
불알친구의 궁핍한 정이 그릇에 옹기종기 담겨집니다.
한 집에 살아도 이렇게 작은 놈이 다 있네. 버릴까? 물
으니
아내도 내 속마음을 알아채고
아이고, 내가 버리면 친구의 정성을 버린다, 뭐라 할
거면서!
꼬투리 속에서 덜 자란 것이나
썩어 보이는 것도 차곡차곡 그릇에 챙깁니다.
갓 볶은 땅콩 냄새가 집 안에 가득하자
아내는 맛있겠다며 뜨거운 놈을 건넵니다.
손으로 전해져오는 친구의 체온을 느껴 차마 먹지 못
하고

얼른 식지 못하게 가만히 보듬고만 있습니다.

제
4
부

만장

마흔아홉 줄에
소년 가장을 만들고 떠나는
그대에게 만장을 씁니다.
어린아이가 높이 들면
하늘까지 닿을 듯한
청대미를 그리며
만장을 씁니다.
그대 잘 가시게나 평생 이별 없는 곳에 편히 쉬다가 사
랑하는 아내와 아이에게 안부 전하소.
마흔아홉 자 문자를 보냅니다.

희락 ^{喜樂}
―숟가락을 놓다

먹는 것이 문화가 된 세상에
줄 서서 기다리는 것이 흉 되는 것은 아니다.
남대문시장 먹자골목 갈치조림집 '희락'
잇몸으로 오물오물 갈치 살을 발라 먹던 할머니
숟가락을 들고 나온다.
밥술을 놓으면 목숨을 놓는다는데
그것이 두려운 것일까
한 끼 식사가 즐거움인 나에게
그의 손에 꽉 잡힌 숟가락은
가기 싫은 저승길에 둑을 쌓는 가래로 보인다.
시장이 반찬인가,
각 방송사 맛집에 소개된
액자 속 주인아주머니의 손맛인가
백년 묵은 거북등처럼 생긴
냄비는 그을음을 뒤집어쓰고
세월을 덧입히며 입맛을 돋운다.
숭덩숭덩 썰어 넣은 대파는 고명인 양 자리 잡고
밤마다 성산 일출을 꿈꾸었을 제주

은갈치가 두텁게 썰어놓은 무 위에 누워 있다.
가볍게 한 끼를 해치우고 나오는데,
입맛을 다시며
'희락'을 나온 지
한참 지났는데도 할머니는
출입문에 걸어둔 사진 속
풀치들과 한가로이 헤엄치는 거북을 보며
숟가락 하나를 손에 꼭 쥐고 있다.

큰눈

밤새 누가 내 작은 창문에
흑백사진 한 장 걸어놓고 갔다

덩샤오핑중화요리

백목련 한 그루
정자나무처럼 서 있습니다.
계산대에서 밖을 내다보는
주인아저씨 나이쯤 돼 보입니다.
가지를 휘어 꽃잎을 코끝에 대어보기도 하고
배달 오토바이에 걸터앉아
흰 꽃잎으로 뒤덮인 하늘을 올려다보기도 합니다.
백목련나무에
덩샤오핑 홍등 간판 걸어놓으니
자목련 한 송이 환하게 피어납니다.
붉은 꽃잎 하나하나에는
이름처럼 대장정을 꿈꾸지는 않고
동네에서 고만고만하게 살아가고픈
꿈을 걸어놓나 봅니다.
일하는 세 모습이 꽃보다 아름답다는 것인지
안주인 고생 뒤로 하고 신나게 배달 갑니다.
덩샤오핑중화요리 앞에
자목련이 사태져 있습니다.

마량포구

말인즉슨
주꾸미를 먹으러 가자였다.
사실 어린 손주들이 보고 싶다는 말은
어젯밤 늦게 걸려온 전화기에서는 한마디도 흘러나오
지 않았다.
이른 아침 고향인 마량포구로
진군하는 병사처럼 내달린다.

장난감 공장에 다니는 어머니는
요즘은 전쟁통이라 총이 잘 나간다며
어깨가 빠진다고 맏손주에게 힘껏 쳐보란다.

아버지는 야전 사령관이라도 된 듯
주꾸미 사냥 앞으로.
"얼라 주꾸미가 빈 소라껍질로 한 마리도 들어오지 않
아 오늘은 읎네유"
동백횟집 주인은
대신 우럭의 목을 친다.

모래바람 부는 포구의 백사장 위에
울컥 피가 솟는다.
아이들은 감당할 수 없이 밀려오는
밀물에 연신 돌팔매질이다.

곁음식으로 나온 실치의 검은 눈이
나를 빤히 바라보고 있다가
고추장에 버무려진 채 수백 수천
한입 속에 삼켜진다.

어머니는 맛난 음식 앞에서도
연신 구시렁댄다.
저놈의 붉은 동백은 왜 송이째 떨어져
가슴을 치느냐고.

고속도로 위의 풍뎅이

서해안고속도로 상행선 홍성휴게소 못 미처
과속 방지 카메라 앞에
무소 한 대가 엉덩이를 중앙분리대에 대고 뒤집혀 있다.
고향에서 누가 쫓아내기라도 한 것일까
돌아가는 길이 뭐가 그리 급해 한쪽 발이 삐끗했나
느긋하게 걸어도 어디건 가고 오는 것
  짐칸에 실렸던 일 년 농사 고향 가을걷이를 아스팔트
위에 다 토해놓고 머리를 돌려놓은 풍뎅이처럼 네 바퀴는
하늘 향해 버둥대고 있다.
  늙은 호박에서 쏟아져 나온 여문 씨는 뿌리 내리지 못
할 아스팔트 위에서 거처를 잡지 못하고
  홍시는 아예 검은 도로를 도배하고 개중 멀쩡한 놈 몇
은 저만치 앞서 구르다가 붉은 눈을 부라리고 되돌아보
고 있다.
  고향을 떠나 내달려온 여기까지의 길은 끝 간 데 없이
차들로 가득한데
  가고자 했던 상행 2차선 도로는 텅 비어 있다.
  과속 방지 카메라 기록에 풍뎅이 삶의 속도는 몇으로

기억될까.

　머리통이 으깨진 무 배추를 밟으며 찌그러진 차 안에
서 백년 농사 둘을 끄집어냈을 때

　빨리 도달하고 싶었던 곳에 대해서 한마디 말을 할 수
가 없다.

　쉼 없이 달리다

　브레이크라도 한두 번 밟으며 살아야 되지 않는가.

　나란히 한 구급침대 위에

　수십 년을 애지중지 키워온 쌀 두 가마가

　붉게 물들인 천을 뒤집어쓴 채 누워 있다.

배봉산 아까시꽃

남도에서 올라오는 봄꽃들은
서로 다투어 피지만
봄 잔치 끝자락에
소리 소문 없이 피어나지요
전농동 배봉산에 피는 것을
제일 좋아하는 까닭은
내가 닮고 싶은 사람이
그 산자락에 아까시꽃처럼 살고 있는 까닭인가봐요
향기에 취해
아찔아찔 하다보면
내가 그의 자리만큼 자라기라도 한 듯 착각도 하지만
어림 반 푼어치도 없는 생각이죠
사거리막걸리 집 여인은
온 동네를 휘감는 향기가
밤꽃 내음인 줄 알고 속곳 몇 적시다가
얼굴을 붉혔다네요
내 오늘밤 아까시꽃 구경 가요
둘이서 수작부리는 것 엿보러

혹 알아요
개평으로 아까시 꿀 한 숟가락 얻어터질지

시력검사표

오른쪽 눈을 감고 왼쪽 눈으로만 본다. 가운데 중심을 잡고 있어야 할 내 코가 오른쪽에 자리 잡고 있다. 오른손잡이는 주로 오른쪽으로 보고 그 반대쪽으로는 거리감을 잰다. 간혹 이런 법칙을 거스르는 사람이 있다. 그런 사람은 돌연변이거나 혹은 변태

자 이쯤에서 따라 해보세요. 두 손을 쭉 뻗고 양 엄지와 검지를 이용해 작은 원을 만들어 일정 거리의 사물을 그곳에 넣어보세요. 뚜렷한 목표물이 없으면 당신의 먼 미래를 집중하거나 당신이 만들어놓은 무덤의 봉분을 보세요. 그리고 한쪽씩 눈을 감아보세요. 어때요?

보이지 않는 세상을 찾지 마십시오.
당신의 뇌 속에 확실히 저장돼 있습니다.
오른손잡이의 주 시력은 오른쪽에 있는데 자꾸만 왼쪽으로 보려 한다고 세상이 왼쪽으로 기울어지지는 않습니다. 가끔 예외는 있습니다. 왼쪽에 붙어 있는 코를 싹둑 자르는 변태.

당신이 선천적으로 한 눈이 보이지 않던가 사고로 나중에 잃었건 그것은 상관없어요. 분명한 것은 당신은 세상이 보인다는 것입니다. 직접 당신의 코를 만져보세요. 어느 쪽에 있나요. 잡히지 않는다고요? 그러면 당신은 변태.

큰 걱정은 마세요. 변태공화국에서 살아가는 데 그 정도 장애는 별거 아닌 걸 잘 아시잖아요.

복날, 복제 어머니와 식사를 하다

조금만 떼어 주세요, 아니

어디부터 먹어볼까요.

간이면 어떻고

심장이면 어때요, 순서가 꼭 정해진 것은 아니잖아요.

결국엔 당신의 머리에 구멍을 내고

빨대로 뇌수까지 빨아 먹을 텐데요.

두려워하지 말아요.

다시 태어나는 거예요.

아픔도 없을 거예요.

육부를 먼저 먹을까요.

오장을 먼저 먹을까요.

이제 상은 다 차려진 거예요.

미식가인 당신과 내가

마주 앉아 있군요.

탕보다는 수육이 좋겠죠.

자 이제 먹어볼까요.

들깨 가루, 양념장은 필요 없겠죠.

핏속에 적당한 양념이 다 들어 있어

우리 입맛에 맞춰놨으니
군침이 돌아요.
가까이 오세요.
잔치를 시작해요.

나쁜 사람

이화동사거리 의정부부대찌개 집 앞. 은행나무 한 그루 서 있지. 수령은 오십이 좀 넘어 보여, 대형 트럭이 치고 갔는지 아랫도리에 큰 상처 입고도 꼿꼿이 서 있지. 가을까지 흙 속의 양분을 빨아 먹고 물론, 가지 사이에 하늘의 양기도 받아놓긴 하는데, 지금까지 곁에 서 있는 암은행나무와 정분이 나는 것을 한 번도 보지 못하고 듣지도 못했으니, 자기 씨를 받은 열매를 얻지 못하지. 가을이면 열병을 앓지. 제 가지를 뚝뚝 잘라 한 단씩 곱게 묶어 재미난 기삿거리를 만들라고 신문사에 보내고 불쏘시개로 쓰라고 잡지사에도 보내지. 근데, 그 친구들 안목이 없나봐. 가지를 보냈다고 몸통을 보지 못하는 것 같아. 하지만 전혀 개의치 않아, 이런 생활을 즐기기만 할 따름이야. 사거리에 줄지어 서 있는 나무들과 서로 키 자랑을 하지 않고 그만그만하게 살아가는 것을 보면 그리 나쁜 종자는 아닌가봐. 주위의 나무들이 약간은 몸을 비틀어 다가서는 것을 보면 속이 텅 빈 것 같지도 않고. 가을이면 인부들이 기계톱으로 나무 모양을 만드는 것 같지만 내가 보기엔 아니지, 스스로 가을을

핑계대고 자르고 있는 거지. 일주일에 한 번쯤 은행나무를 안아보지. 이것 봐라, 무시무시한 무언가를 숨겨놓고 있어. 가지를 키우기만은 원치 않고 몸통만을 자꾸 키워. 내가 보기엔 그 속에 바로 큰 시를 품고 있어.

참 나쁘지.

이중초점렌즈

의정부에서
김극기 할아버지는
남대문에서는 삼만 원이면
하나의 안경으로 먼 곳, 가까운 곳 다 보이는
안경을 할 수 있다는 얘기를 듣고 나왔다.

난시가 있어서
렌즈만 해도 오륙만 원은 줘야 하는데
폐지 주워 팔아 모은 돈
삼만 원을 쥐고 나온 할아버지에게 말할 수 없다.

난시를 교정하면
시력이 1.0 이상은 나오고
선명도도 좋은데
오늘은 맞춰놓고
돈을 더 가져와서 찾아가라면
분명 비싸다고 옆집으로 갈 텐데
양안 교정시력 0.6

이중초점렌즈 안경 조제 끝.

오늘부터
세상을 삼만 원어치는 보면서
서울판 생활정보지를 뒤 부씩 빼어 들고
경로우대증을 내밀고
흔들리는 전철을 타고 집에 간다.

여름 난로

사설이 길다.
돋보기를 맞추러 와서
열네 살 염천교시장 시절부터 시작이다.
지금은 마석가구단지 월셋방에서
국가의 녹을 받아 연명하며 이렇게 늙은 총각으로
돋보기 삼백은 써야 한단다.

다 못 준 안경 값으로
팔자나 풀어보잔다.
계묘년 섣달 보름 유시라

난로여!
욕심내지 마소
지금이 최고여!

오늘이 최고라.
구석에 치워져 녹슬어가는
여름 난로가 뜨겁다.

생활보조금을 헐어놓고 가는 총각이나
칠십 평생 푸념 다 들어주고
원가도 못 받는 나나
자본주의의 노총각으로
늙어가고 있다.

옹이진 의자

백발성성한 할머니 한참을 앉아 있다 떠나
온기 남아 있는 모과나무 그늘 의자에 앉아본다.
덧칠한 페인트 사이로 마디마디 굳은살 박여
그의 성근 이를 닮아 불쑥불쑥 솟아 있는 옹이.
거친 비바람에 깎이고 파인 자국이
말없이 앉아 있다 떠나는 그의
한평생을 대신 말해주고 있다.
그늘 만들어주며 바라보던 모과나무는
혼자 앉아 구시렁거리는 할머니의 모습에서
젊은 시절 해마다 찾아온 듯한
출산의 고통을 보았는지
모과를 달랑 하나만 달고 서 있다.
굽은 등과 옹이 핀 등받이 사이로
오동나무 잎 바람이 한차례 훑고 지나갈 때
옹알이 같은 얘기 속에서 할머니는
새 옹이를 하나 더 의자에 낳아 두고
깜박이는 신호등 속으로 걸어가고 있다.

'잘 본다'라는 말의 의미

강형철   시인

황인산은 안경사이며 시인이다. 한마디로 보는 것을 도와주는 사람이다. 세간에 '사 자 돌림'은 일단 괜찮은 직업으로 인정받고 거기에 상당한 수입도 따라 붙는다고 알려져 있지만, 그의 사 자 돌림은 그런 통념과는 조금 거리가 있어 보인다. 그는 남대문시장의 안경백화점 골목 한쪽에서 안경점을 경영하는 사장이지만 그다지 넉넉해 보이지 않기 때문이다.

물론 남대문시장은 우리나라 재래시장의 대명사 격이다. 그러나 지금은 이른바 백화점 시대이고 재래시장은 '있는 사람'이 자주 가는 곳이 아니다. 나름 그 속에도 잘되는 점포도 있을 것이고 그런 점에 큰 긍지를 지니고 그 시장과 사업을 지켜나가는 사람도 있을 테지만 일반적인 통념으로는 서민들이 자주 이용하는 곳쯤으로 인식되고 있다.

황인산은 거기 남대문시장 한구석에서 안경점 사장으로 일주일에 하루를 쉬면서 열심히 살아가고 있다. 그의 첫인상은 다소 싸늘해 보이지만 알고 보면 여간 곰살맞은 게 아니어서 많은 사람들과 잘 어울리며 살아간다. 그가 잘 살아간다는 것은 우선 다른 사람의 시력을 톺아주는 일을 성실히 수행하고 있다는 점에서 그렇다. 그는 30년 가까이 안경과 관련된 일에 종사해온 전문가라 할 수 있다. 또한 그는 보는 것을 도와주는 일을 전문적으로 하는 사람이기에 자신 앞에 드러난 사물을 정확하게 보는 것이 우선 할 일일 터인데, 그 점에 있어서도 별로 나무랄 것이 없어 보인다. 그런데 그가 본 세상과 사물을 기록으로 남긴 시를 보면 그의 심안心眼은 너무 좋은 것인지, 아니면 일정한 방향으로 초점이 잘못 맞추어진 것은 아닌지 걱정스러운 바가 없지 않다.

육신의 눈을 교정하여 좀 더 명확하고 밝게 보기 위해 그가 경영하는 안경점에 가는 일은 대환영이지만, 그의 심안을 표준으로 생각하고 그에 따라 교정을 하러 갈 경우에는 나의 보고서를 참조하시는 것이 조금은 도움이 될지도 모르겠다. 노파심에서 하는 말인데 그의 눈 보정 능력은 참으로 뛰어나고 그 또한 세상에 몇 안 되는 명품 눈을 지니고 있으므로 육신의 눈을 보정하는 일은 안심하고 부탁해도 된다는 말은 꼭 하고 싶다.

그와 시를 매개로 같이 살아온 세월이 꽤 길다. 이 시집에 실린 시들은 시가 탄생했을 때부터 지금에 이르기까지 상당 기간 보아왔다. 실은 진작 시집을 내서 맑은 눈으로 본 아름다운 시를 여러 사람들과 나누어 보았어야 했는데 이런저런 사정으로 늦어지고 말았다. 다만 확실한 것은 이 시집을 읽어볼 사람들이 모두 공감할 터이지만 그가 참으로 열심히 시들을 다듬고 또 세상에 대해 깊이 궁구하고 이를 익혀 시로 쓰고 있다는 점이다.

그는 이미 1988년에 『해 돋는 저녁』이란 자비 출판 형식의 시집을 낸 바 있고, 2000년에도 '풀밭 동인'으로 활동하며 쓴 시를 모아 『무화과 꽃은 언제 피는가』란 제목의 시집을 낸 바 있다. 그런데 시집의 제목들이 얄궂은 것처럼 많이 읽히지는 않았다. 그 또한 2009년에 〈동양일보〉가 주최한 공모전에서 「개심사 애기똥풀」이란 작품으로 제15회 지용신인문학상을 수상했는데, 그렇게 일정한 문단적 풍습에 속하기 위해 노력한 모습을 보면 이번에 내는 시집이야말로 그의 본격적인 첫 시집이 될 것이다.

이 시집은 4부로 되어 있는데 1·2부는 그가 본 세상의 풍경이 주를 이루고 있으며, 3·4부는 그가 자신의 내면 풍경을 드러낸 시라고 일단 구분해볼 수 있겠다. 물론 이것은 시적 소재를 두고 하는 말이다. 시인이 시를 내놓을 때 그 시가 내면 풍경이든 외부의 풍경이든 자신의 시각으로 '보는 것'임은 두말할 나위도 없다. 그런데도 이 두 가지를 나누는 이유는 그것들을 보는 시각에 미세한 차이를 보이고 있기 때문이다.

먼저 1·2부에 묶여 있는 시, 그러니까 그가 바깥 풍경을 보며 쓴 시를 따라가 보자. 여기에는 그가 속한 집단에서부터 마을과 사회가 있고, 나아가 정부와 그 뒤의 국가가 있을 것이며, 또한 이 세상 전체의 문제가 있을 것이다. 그의 바깥세상 보는 법은, 아니 그가 본 세상은 한마디로 요약하자면 뭔가 잘못되어 있다. 시에 등장하는 풍경이나 사람들도 예사롭지 않고 어딘가 무너져 있거나 잘못되어 있다. 다음 시를 보자.

소금밭 둑 끄트머리
피난민 할아버지
바닷물 퍼 올려 소금밭에 물을 대고 있다.
피난 내려와 퍼 올린 바닷물이
줄어드는 것만 바라보고 있다.
썰물에 펄밭이 소섬 앞까지 드러나면
"내레 갈 끄야, 내레 이 물을 다 푸고 걸어서 고향에 갈 끄야."
삘기꽃 뽑으러 간 우리에게
다짐하던 할아버지.
수십 년 만에 찾아왔던 친척이 떠난 후
"내레 간첩이 아니야요!" 폐유 덩이로 써놓고
아직 다 퍼내지 못한 황해 바다로 걸어갔다.

햇빛이 소금밭 사금파리 위에 조각조각 내려앉는 날.

—「황해 물 다 마시고 간 사내」 전문

한국전쟁 후 남쪽으로 내려온 한 피난민 할아버지가 언젠가 돌아갈 고향을 생각하며 염전을 일구어 열심히 살았다. 그런데 어느 날 그에게 변고가 생겼다. 수십 년 만에 어떤 친척이 다녀간 뒤 간첩 혐의로 수사를 받게 되었고, 이 일이 빌미가 되어 재판에 회부되었거나 아니면 경찰에 끌려가 모진 일을 당한 것이다. 그러나 그 억울함을 하소연할 수가 없었고, 서해 바닷물을 다 소금으로 만들겠다는 호언장담을 뒤로 한 채 할아버지는 어느 날 "내레 간첩이 아니야요"라는 양심의 말을 폐유 덩이로 써놓고 바다에 빠져 죽은 것이다.

이런 일은 지금이야 그리 흔한 풍경이 아닐 수도 있지만 불과 얼마 전까지도 너무나 쉽게 목도하던 일이었다. 국가 폭력에 의해 무고한 시민이 간접적인 살해를 당했다고 할 수 있는 일이다.

이 시집 1, 2부에는 바로 이런 풍경이 유형을 달리하고 있지만 가득하다. 동네 미니슈퍼 아줌마가 대형 자본에 의해 파산하고 그 자본이 경영하는 마트에 입사하여 일하는가 하면(「이마트 미니슈퍼 아줌마」), 이스라엘의 폭격으로 다섯 살 아이를 잃은 팔레스타인 여인이 다시 수태를 하게 되면서 아이가 이 지상의 모든 포격에도 까딱하지 않는 무쇠로 만들어졌으면 좋겠다고 생각하기도 한다(「살」). 또한 이미 신물이 나도록 많이 들었음에도 여전히 방치된 식민지 시대의 아픈 역사인 '위안부 문제'를 다루고 있는 「동거인 신원」이란 작품도 있고, 재개발 과정에서 부당한 대우를 받고 이를 시정해달라며 걸었던 농성장의 깃발이 낡아 변색될 즈음 이른바 용산 참사가 벌어졌고 그 일로 망루에서 타 죽은 이들의 원혼이 채 위로를 받기도 전에 새 아파트가 들어서는 풍경(「이 편한 세상」)을 찾아내기도 한다.

그런 풍경 뒤편에 있는 폭력의 진원지에 대한 현장 보고서도 있다. 그곳에는 병역을 피하기 위해 생니를 뽑은 한 연예인의 모습이 있고(「강아지풀」), 시민의 자발적인 항거를 차단하던 '명박산성'이 있다(「벽을 드나드는 사람」). 그런가 하면 잠꼬대 형식을 빌려 5·16쿠데타 이후의 정치 지형도를 비롯하여 현재의 정부를 신랄하게 비판하는 작품(「잠꼬대」)도 있다.

이런 풍경은 한마디로 제대로 된 세상이 아니다. 그것의 근본 원인은 다양하게 찾을 수 있다. 거기에 대한 대응도 이루 말할 수 없이 많다고 할 수 있다. 그러나 시인이 먼저 착목하는 일은 우리가 쓰고 있는 오염된 언어 문제이다. 그는 그 예를 한 작품에서 들고 있다.

뽕 대신 실한 오디를

언제 잘려 나갈지 모를

묵은 가지에서 내어놓는데

생전에 누가 너의 본 이름을

한 번이라도 불러준 적 있느냐.

평생 날품으로 살아가는 애비를 둔 내가

너의 이름을 불러본다.

오디나무야

오 디 나 무 야!

—「오디나무에는 뽕이 열리지 않는다」 부분

오디나무가 맺는 열매는 오디다. 오디는 몸에 좋기도 하지만 많이 열리기도 하여서 밥 대신 공복을 채우는 역할을 하기도 했다. 그런데 오디를 많이 먹었을 때 소화가 잘된 것인지 아니면 안 된 것인지 방귀를 연신 뀌게 하기도 한다. 그래서 오디를 뽕이라 불렀고 그러다보니 오디나무가 뽕나무로 불리게 것을 시인은 안타까워 시로 쓴 것이다.

그러나 시인은 이것을 오디나무 하나만의 문제라고 생각하지 않는다. 오디나무가 뽕나무로 불리는 것처럼 본

질적인 것을 무시한 채 편의에 따라서 혹은 유행에 따라서 거침없이 바꿔치기 하는 세태에 문제를 제기하는 것이다. 당대의 민중들이 당하는 폭력이 정부와 국가란 용어가 혼용되어 구사되면서 그것의 실체가 가려져 있다는 점을 말하고 싶어 오디나무를 예로 든 것이다.

국가의 권력을 한 집단 혹은 개인에게 맡기면 문제가 되기 때문에 번갈아 그 권력을 바꾸는 것이고, 그때 국가의 권력을 담당하는 것이 정부 혹은 정권이다. 그런데 그 정권을 잡은 이들이 국가 그 자체로 군림하고 그렇게 행동해온 것이 우리의 어김없는 현실이었다. 이를 바로잡기 위해서는 작은 것부터 제대로 바로잡아야 한다고 말하고 있는 것이다.

침대는 가구가 아니다.
집이다.
등짐 진 살림살이 침대는 왼쪽 팔에 끼고
이사하고 있다.
허공에 발 담그고 눈맞춤 없이 걷고 있다.
염천炎天을 향해

염천다리 위
낡은 구두 한 켤레 가지런히 남겨두고

111

종이 박스 펼쳐 누운 자리

동사한 침대 주인.

침대가 제 주인을

이사시키고 있다.

—「동행」 전문

이 시는 앞에서 말한 것들을 형상화하고 있는 시다. '침대는 가구가 아니다'라는 한 침대회사의 역설적인 광고 문구처럼 여기 한 노숙자가 자신에게는 침대와도 같은 종이 박스를 옆구리에 끼고 걸어가고 있다. 그는 '타는 듯 더울 것만 같은' 염천^{炎天}다리에 자리를 잡고 노숙을 하는데 결국 낡은 구두 한 켤레만 남기고 동사하고 만다. 거꾸로 된 세상, 뒤집어진 세상 속에서 인간은 인간으로 살지 못하고 하나의 폐품으로 사라져간다.

뿐이랴, 그런 죽음은 도시의 아파트에도 그대로 실현되고 있다. "도시 생활 사십 년에 이리 차이고 저리 찌들려/ 상처 깊은 곳에서는 누런 고름이 흐르고/ 심한 곳은 녹슨 뼈가 살을 뚫고 나와/ 노을보다 붉은 피를 제 몸에 바르고"(「불혹의 중산 아파트」) 있고, "용산 재개발 4구역 남일당 건물" "아직도 얼음 속에 묻혀 있는 주검"(「에베레스트 오르다」)도 빙벽이 되어 우리를 가로막고 있다. 비극과 비참함은 여전히 그대로다. 한마디로 성한 곳이 없으며 말

짱한 사람이 없다.

물론 이런 시들이 그려내고 있는 현장은 벌써 역사가 된 일도 있고, 그동안 여러 사람들이 지적하고 이를 정정하기 위해 많은 노력이 가해진 것도 사실이다. 그러나 그러한 모든 노력에도 불구하고 현실은 그다지 변하지 않고 있다. 그런 점에서 황인산 시인의 시는 한편으론 낡아 보이지만 다른 한편으로는 지금도 여전히 문제적 현상으로 작동하고 있는 현실을 대상으로 하고 있다.

황인산 시인도 그런 점을 잘 알고 있어서인지 이를 「도피안사」라는 작품을 통해 그 모든 일들이 결코 현세에 이루어질 수 없는 그 무엇이라고 말하고 있는지도 모른다. 그곳이 피안^{彼岸}이라 여기고 도달해보지만 그 순간 피안은 다시 차안^{此岸}으로 빨려 들어가는……. 아니 피안과 차안이 결코 다른 곳에 존재하는 것이 아닌……. 그런 순간의 아슬아슬한 경계를 「모과」라는 시를 통해 상징적으로 보여준다.

새해 첫날 서랍을 정리하다가
모과 향에 취해본다.
작년 가을
향기 간직하고 싶어 넣어두었던 모과
늦가을의 햇볕도 쬐지 못하고

겨울 한밤을 지냈을 텐데 향기는 그대로다.

초록의 잎보다 먼저 농익은 얼굴로 가을을 맞더니

몸내는 그대로인데

군데군데 검게 탄 몸은 허깨비마냥 가벼워졌다.

이제는 가치를 잃어버린 이름을 하나씩 지우며

나 또한 타들어가는 것이리라.

—「모과」부분

　세상의 바른 모습을 여전히 바라고 노력해보지만 이제
는 모든 것이 여의치 않다. 시간이 흘러 "군데군데 검게 탄
몸은 허깨비마냥 가벼워졌다." 모과의 몸은 「서더리탕」이
라는 시의 살을 발라내고 뼈만 남은 것을 모아 끓이는 "서
더리탕" 이미지와 겹친다. 이 시에는 집들이에 갔다가 "부
동산에 얘기를 하며 열을 올리는" 친구들과 "과외 때문에
강남만 떠나지 않으면 된다는" 친구 부인들의 수다에 섞
이지 못하고 서둘러 나오는 부부의 모습이 그려진다. 여
기에서 "부글부글 끓는 서더리탕"과 "허깨비마냥 가벼워"
진 모과는 그대로 시인의 모습으로 읽힌다. 그러나 "겨울
한밤"을 견뎌낸 모과의 몸처럼 쪼그라들고 말라버렸어도
아직 향기만은 그대로이다.

　그의 시를 읽다보면 어떻게 이렇게 아픈 사람과 아픈 풍
경만 모아놓았을까 하는 생각이 들 만큼 갑갑하고 막막

하다. 앞서 말한 바와 같이 그의 심안은 일반적인 눈을 통과한 것처럼 보이지만 실제로는 매우 격렬한 문제를 구체적으로 적시하고 있다. 그리고 이를 견딜 수 없어하고, 그 모든 문제를 할 수 있는 한 시로써 제기하고 있는 것이다.

그런 점에서 그는 시선이 너무 한쪽에 쏠려 있다는 말을 들을 수 있다. 그렇지만 그가 이런 문제를 지나칠 수 없는 것은, 달리 말해 이런 문제를 시로 거론하는 일이 잘해야 본전인 세상에 살고 있지만 애써 피하지 않는 것은, 그가 그리할 수 없는 마음과 사랑을 지니고 있기 때문이다.

3, 4부에서는 그러한 점을 더욱 웅변해주고 있다. 여기에 묶인 시들은 그런 풍경들을 시인이 어떻게 다스고 있으며 어떻게 받아 안아 자기 안으로 육화하는지 보여주고 있다.

뒤꼍 새순 피는 앵두나무
부뚜막에는 금이 간 촛단지
살강 밑 타다 만 부지깽이
제사에 올릴 싹트는 알밤

헛간에는 얘기꽃이 한창이다.
호미는 가래의 품에 안겨 있고
도리깨와 쇠스랑은 몸뚱어리 얽어매고

정답다, 뭔 얘기 그리 많은지 봄 봄 봄 술렁대고
멍석은 불룩배 내놓고 모로 누워 있다.

다락에는 생쥐 한 마리 늙은 나비 종애 곯리고
토방 끝 앉은뱅이 꽃잎 위에 졸고 있는 점심 햇살
방 안에는 낮잠에서 깨어난 아이의 울음소리
사랑방 마루에 시어미와 콩 가리는 며느리

연두색 잎 눈뜨는
동네 어귀 정자나무 아래
하늬바람에 구르는 복사꽃을
한 사내가 탑돌이 하듯 좇고 있다.

— 「봄 봄 봄」 전문

　이 시는 시골에 홀로 사는 어머니를 뵈러 제삿날에야 찾
아온 아들과 며느리와 나이 어린 아이 그리고 이들을 맞
이하고 있는 시골집의 풍경들을 잔잔하게 그려내고 있다.
이들 풍경은 한없이 누추하고 허름한 모습이지만, 기어이
봄이다. 헛간에는 호미와 가래와 도리깨와 쇠스랑 그리고
멍석이 서로 얽혀 평화롭고, 다락의 생쥐가 좌우 거리를 재
면서 늙은 고양이를 종애 곯리고 있다. 제사에 쓰려고 보
관해온 알밤에는 싹이 터 있지만 그래도 그 싹만 잘 다듬

으면 쓸 만하다고 부뚜막의 촛단지가 금이 간 채 말하고
있다. 더구나 새순 돋는 앵두나무에서는 앵두가 숨어서
연분홍 앵두가 익을 날만 기다리고 있지 않은가. 너무도
소박하지만 거기에는 우리에게 너무나 익숙한 사랑이 있
고 아름다움이 숨 쉬고 있다.

「봄 봄 봄」에서 보여주는 서로의 "몸뚱어리를 얽어매고
정"다운 풍경들은 역으로 침몰의 순간을 맞이하고 있는
현대문명에 대한 근원적인 반성문으로 읽힌다. 이 시에서
보듯 그의 내면은 굳이 현대사회의 허망한 속도 겨룸이나
부의 축적에 들뜨지 않는다. "썰물에 알몸을 십 리 가까
이 드러낸 백사장이 갈증 느낄까봐/ 밀물은 하루 두 번
마른 입술 적셔주"는(「춘장대 모래톱은 날고 싶다」) 해변이
있는 한 걱정할 것이 무엇이냐는 표정이다.

물론 그곳에도 어찌 다툼이 없겠는가? 무상으로 주는
비료와 농약을 받으러 면사무소에 갔다가 돌아오는 길에
술 한잔 하고 집에 오니 있어야 할 마나님이 안 계셔서 동
네 마이크에 각종 사정을 공개하며 떠들어대는 이장님
(「이장님의 부부싸움」)도 있지만, 그 또한 이장님의 공갈 엄
포.("아 이렇게 방송에 대구 왕왕대두 안 들오구 뭐허구 자빠졌
댜. 재뜸 사부인 이번이두 숨겨주믄 재미읎슈. 어 끄윽,")에 평
화를 완성해가는 것이다.

폭 삭은 충청 지역 방언으로 사람살이의 풍경들을 담은

「벌초」, 「새살새살」 등을 비롯한 많은 작품들이 시집의 3, 4부를 빼곡하게 채우고 있다. 어디를 펴서 읽어봐도 빙긋이 웃음이 배어나온다. 그의 내면에는 사람살이의 아름다운 평화가 깃들어 있다.

고향 친구가 농사지어 보낸 땅콩을 택배로 받고는 시골 친구의 옹색한 살림살이를 떠올리고 동시에 그 친구의 정성을 떠올리며 "덜 자란 것" "썩어 보이는 것"도 버리지 못하는 모습(「토산불알」)이나, 주꾸미 먹으러 가자는 부모님을 따라 마량포구에 갔다가 그날은 주꾸미가 "빈 소라껍질로 한 마리도 들어오지 않아" 대신 우럭을 먹고 돌아온 사연이지만 결국 어린 손주가 보고 싶은 부모님의 나들이 계획이었음을 잔잔하게 담아낸 시(「마량포구」) 등이 그 적절한 예라 하겠다.

이런 마음으로 사는 시인이기에 우리가 이른바 현대적 삶의 특징이라고 하는 냉혹한 경쟁과 비인간적인 냉대를 견딜 수 없는 것이다. 그런 점에서 우리는 그에게 다시 제대로 '보는 법'을 배울 수 있다. 우리가 익숙하다고 그냥 지나치는 사물과 풍경, 그 무엇 하나도 놓치지 않고 보려는 뜨거운 심성이 녹아 있는 심안으로 우리의 눈먼 삶을 교정해주고 있는 것이다.

자 이쯤해서 따라 해보세요. 두 손을 쭉 뻗고 양 엄지와 검지를 이용해 작은 원을 만들어 일정 거리의 사물을 그곳에 넣어보세요. 뚜렷한 목표물이 없으면 당신의 먼 미래를 집중하거나 당신이 만들어놓은 봉분을 보세요. 그리고 한쪽씩 눈을 감아보세요. 어때요?

보이지 않는 세상을 찾지 마십시오.
당신의 뇌 속에 확실히 저장돼 있습니다.
오른손잡이의 주 시력은 오른쪽에 있는데 자꾸만 왼쪽으로 보려 한다고 세상이 왼쪽으로 기울어지지는 않습니다. 가끔 예외는 있습니다. 왼쪽에 붙어 있는 코를 싹둑 자르는 변태.

—「시력검사표」 부분

이 시는 '바로 보기' 위해, '현재의 내 시력이 어떠한가'를 살피기 위해 시력 검사를 하는 순간을 재미있게 묘사하고 있다. 시에서처럼 세상을 제대로 보기 위해서는 먼저 자신의 눈으로 확인할 수 있는 사물을 집중하여 바라보는 것이 중요하다. 또한 뚜렷한 목표물이 보이지 않으면 자신이 만들어놓은 봉분을 보라고 말하는 안경사는 확실히 한 수준을 넘는 안경사임이 분명하다.

그러나 일상의 사물 너머에 어려 있는, 죽음을 음미하는 동시에 생을 볼 줄 아는 그런 눈을 지니고 있을 때 우리는 이 아득하고 알 수 없는 것으로 가득 찬 세상에서 나름으로 빛나는 삶을 영위할 수 있을 것이다. 황인산 시인은 이번 시집을 통해 그 한 예를 훌륭하게 보여주고 있다. 이 가난한 시절에 참 고마운 일을 마치 묵언수행 하듯 보여주고 있는 것이다.